◆詩畫集◆

寫我的父親
述說一個患失智症老人的故事

とうさんがアルツハイマーになった［中文改定版］

詩文／繪圖 龍秀美　譯 石其琳

花乱社

前言

我父親出生於台灣台中縣的豐原鎮，上初中時去日本留學。可是由於後來日本戰敗後的局勢十分混亂，使他錯失了回國的機會，最終就留在了日本。

自我父親被診斷出患有失智症以來，已經有十年了。我很想把他患病的這些年，在生活上的混亂和忘忘不安記錄並保存下來，所以就試著創作出這本用詩和畫交相構成的作品。

作品文章的部分，是受父親言行觸動有感而發的斷片描寫，另外再配上詩歌，交互組成了一本詩畫合一的創作集。

插畫是把父親日常生活實在的言語行動，即時用手邊有的原子筆和顏色鉛筆描繪出來的。在準備出版這本書時，我又添加了一些水彩畫作為詩的插圖。

當我在寫回顧父親的一生時，自己童年的經歷也隨之浮現，使作品集變成了一系列描繪舊時記憶和現在的時空混雜交織而成的內容。讀者若能感受並理解我創作當時的心境和想法，那將是我莫大的榮幸和欣慰。

作者

劉氏的家廟

目次

【左頁圖】茶寵：泡茶時使用的小道具。它是一種利用熱水的溫度會產生噴泉現象的飲茶玩具，式樣繁多。

寫我的父親

述說一個患失智症老人的故事

看護員們今天第一次來。看來老爸吹的口琴越來越有名了，所以她們要求先聽聽演奏再來打掃清潔。老爸就很得意地爲大家演奏。

＊ステテコ是襯褲。一般男性在夏天穿的長到膝蓋的薄而寬鬆涼爽的內褲。

當我抱怨電視聲音太大時，
老爸就把遙控器指向我。
的確，讓我閉嘴會更有效一些吧。

夫妻

父親患有腰痛
母親要替他繫上護腰帶
母親跪在地上仔細地爲他包裹著
父親像孩子一樣張開雙臂
母親抬頭看著父親說
「別在我頭頂上吹口哨!!」

晚　餐

我因爲很忙
所以訂購了每周外送的全天候便當
有好看的食用紅色素做的醋烹蓮藕
有被綁成可愛的蝴蝶結樣子的蒟蒻
還有被熱火燒烤後捲成個圈的魚肉

老爸東挑西挑
大概吃了一半

「好吃嗎？」我問。
他「嗯」了一聲
又問我「今天的晚飯呢？」

茶寵　金魚

送快遞

「叮！咚！」的門鈴聲響了
老爸去開門
『您在亞馬遜訂購的書寄到了。』
送貨員大聲的說……

老爸
小心翼翼地走回屋裏
「聽說這本書是從亞馬遜寄來的」
「嗯 也許是寫鱷魚的書吧」*

* WANI BOOKS Co., Ltd

花蓮・北回帰線標誌記念公園

戴上這樣的毛綫帽子

看起來就像傳説故事裏
臉上長瘤的老頭

給他買了另外
一頂毛綫帽

就又變成佛教裏的
大黑天神了

把這帽子戴上後
輕輕翻過來

就像是一頂
皇冠
變成國王啦

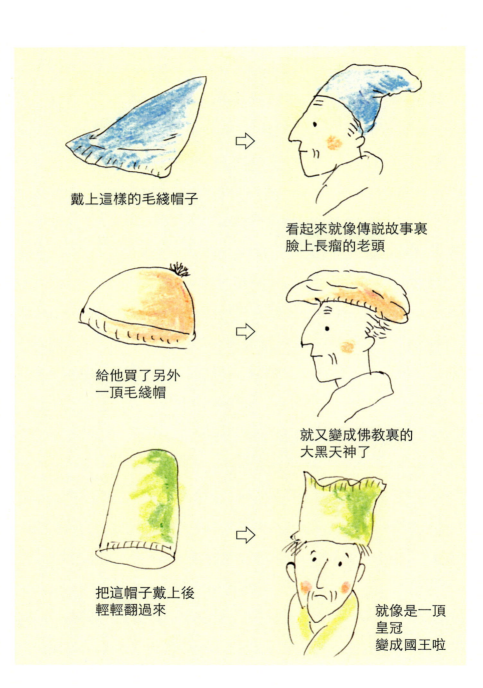

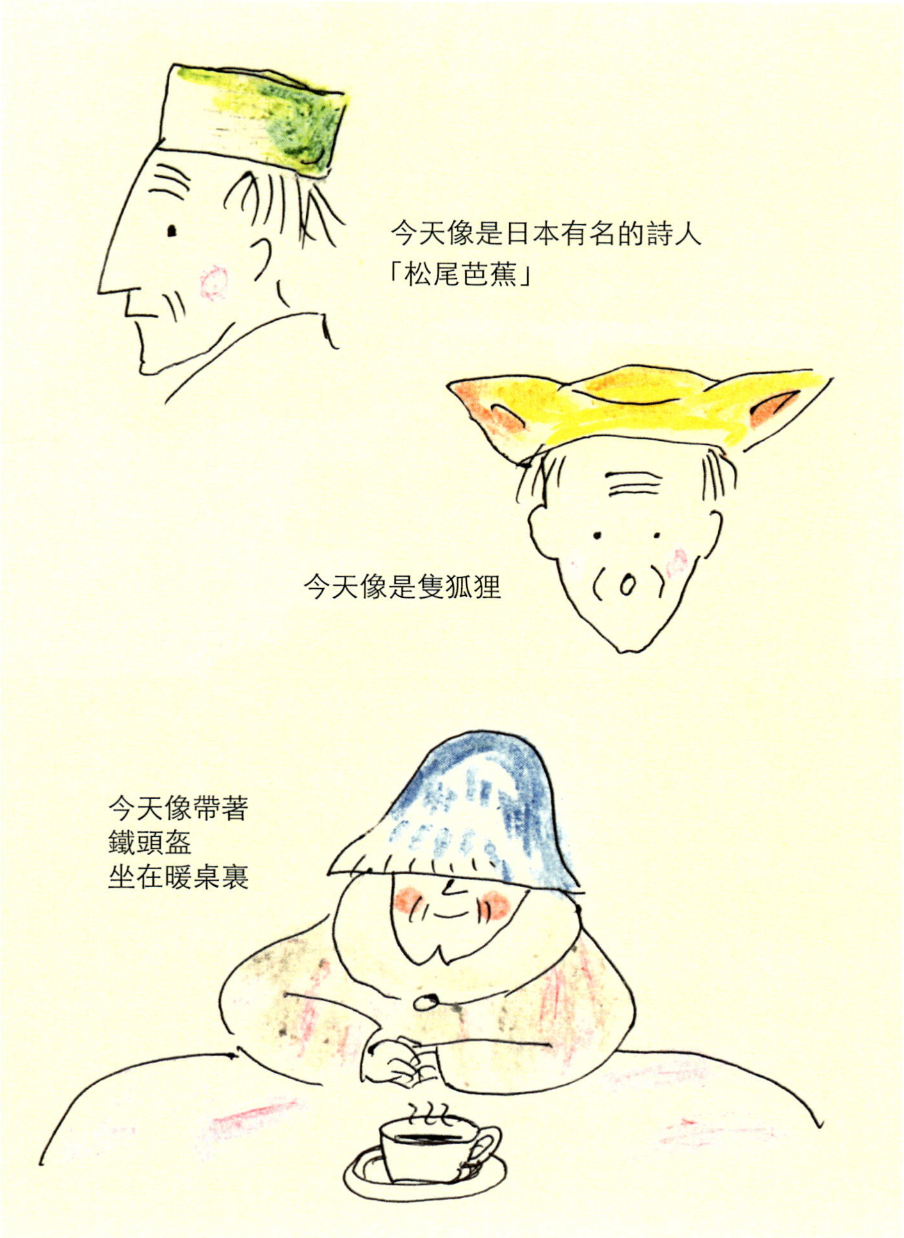
今天像是日本有名的詩人
「松尾芭蕉」
今天像是隻狐狸
今天像帶著
鐵頭盔
坐在暖桌裏

用力按（押す）

在便宜店買了一個很不錯的醬油壺
只要輕按壺頂的橡膠蓋子
即可輕易的調整醬油的流量
以前買的黑蓋壺是裝醬油的
這次買的紅蓋壺是裝醋的
老爸常會弄錯
我把紅蓋壺的圓頂上
用簽字筆大大的寫了一個「す」字

結果引來了大麻煩
無論老爸怎麼把醋壺倒來倒去

＊日語「す」是「醋」的意思。日語的「押す」就是要用力按壓的意思。

那醋就是倒不出來
我告訴他
「要用力按壺頂橡膠蓋子才能倒出來」
他聽了非常生氣的把簽字筆拿來
在那一瞬間
我領悟到老爸要寫什麼了
他在我寫的「す」字上加寫了一個「押」字

茶寵　兔子

狗

老爸在公學校*五年級時
作爲地區預賽代表
參加了在全台灣地區的辯論大會
當然用的是當時的「國語」——日語
題目是「小國民」

接下來的縣級大賽
由抽籤来決定題目
他抽到的題目是「狗」
結果是慘敗而落選了
運氣真不好 抽到個難講的題目

*公學校：日據時期漢族就讀的學校。

狗是小孩的朋友
吹個口哨　就可以心靈相通
彼此貼身擁抱時感受到的體溫
就像是咯吱耳朵後面癢癢那種舒服的感覺
狗和小學五年級孩子的關係
只有用這樣的語言才能生動地表達

日語　在當時真的教會給台灣的孩子們了嗎
跟朋友吵架時該怎麼說
初次向喜歡的人吐露心聲怎麼說
挺起胸膛爲自己打抱不平怎麼說

台灣夏天太熱，連狗都
沒力氣的癱瘓在那兒。

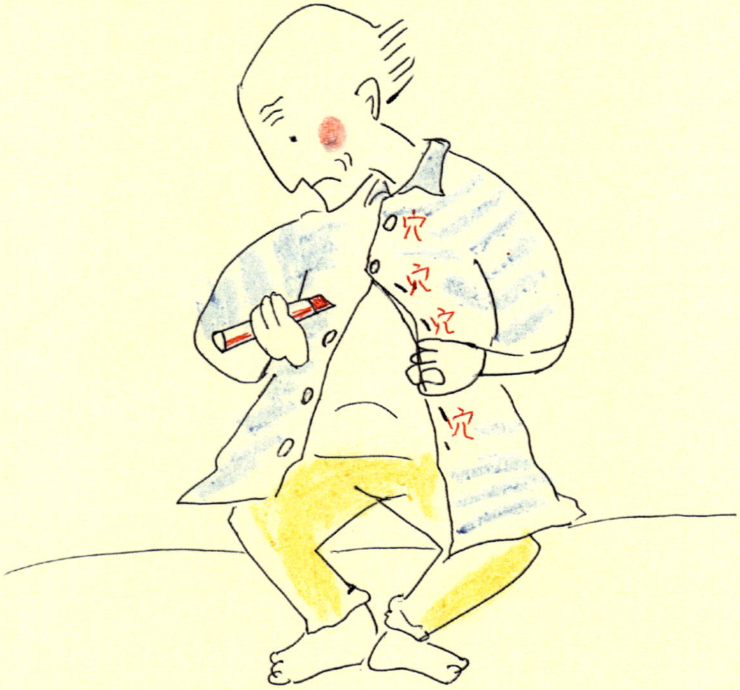

要扣好衣服，就得有扣洞，
所以用簽字筆
把「洞」、「洞」、「洞」寫在衣服上。

＊圖中日文「穴」就是「洞」的意思，
這裏指的是「紐扣洞」。

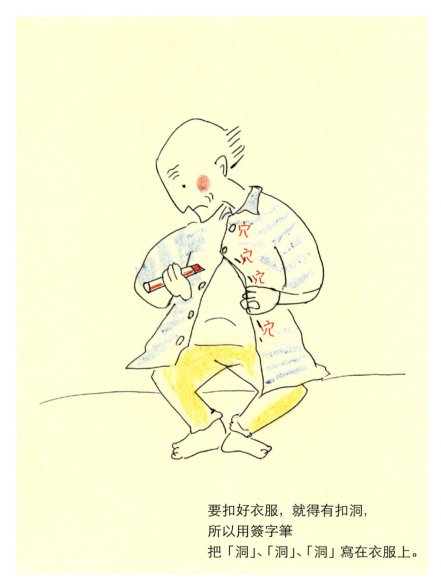

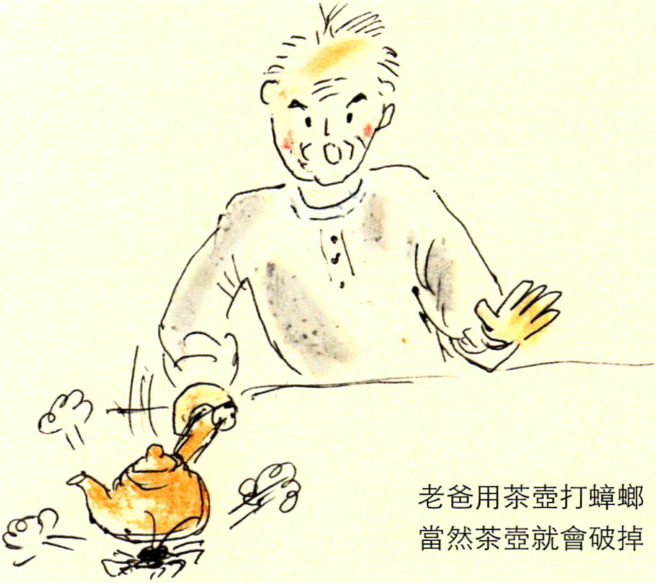

老爸用茶壺打蟑螂
當然茶壺就會破掉

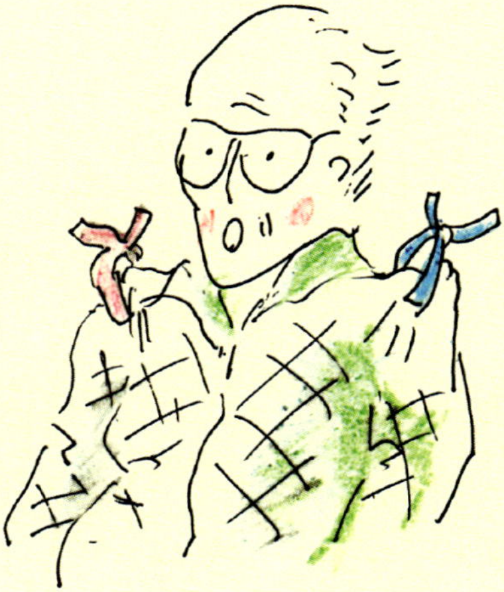

襯衫上帶了個曬衣夾⋯。
原來是還沒把曬衣夾拿下
就穿在身上了。

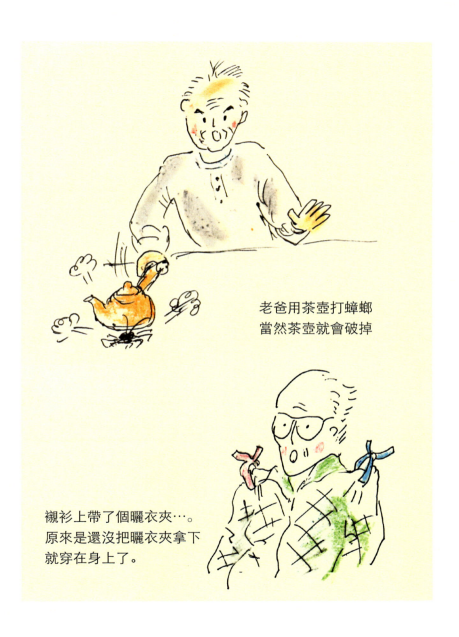

柿子燈籠

老爸要做柿餅
把柿子像燈籠似的
在籬笆上到處挂

看起來是一片奇妙的景觀
也常會使得衣服沒地方曬

看護員來了
老爸就會很小心地
一個個拿下來送給她們

柿子雕刻

【懷舊篇】

菱角

在佐賀地方的冬夜裏
「菱─角啊─」的叫賣聲
在沉靜的街頭回響著

三角形的菱角皮雖很硬
果肉卻像栗子般的甜美
小孩們要求再多剝一些來吃
於是母親的指甲就越來越痛

父親也要插手來幫忙
母親把他伸出來的手
啪的一聲打縮回去了

【懷舊篇】

「恰砰」和「啪嚓」

老奶奶已經中風臥床不起二十三年了
母親是帶著老奶奶嫁過來的
我和妹妹就以爲
每家都有一位臥床不起的老人是應該的

把老人放進高大又深的木製圓形浴桶時
一定得靠有力氣男人的幫忙
父親背起半身不遂的老奶奶
費力地跨進浴桶　在有半桶熱水裏站穩了
先是父親把腳浸在水裏
再把奶奶那彎曲的腿放進水裏

然後 就可聽到「恰砰！」輕快的水花聲和「啪嚓！」的水聲

二年級時的我 想不透爲何會有不同的聲音

有一天 我突然想通了 也覺得很有趣

因爲爸爸是男人 奶奶是女人

到現在我每次很用力的坐進浴缸時

聽到「啪嚓！」的水聲 就不由得會莞爾一笑

【懷舊篇】

我家的青蛙

水災淹沒了地板
每晚都會有很奇怪的聲音
呱！呱！咕！咕！
好像踩到泄了氣的橡皮球的聲音
看到床下有一隻很大的牛蛙
把它抓出來放生到河裏

一星期後
只花55日圓連看完了三場武俠電影
在回家的路上
全家進了一家烏龍麵店時

聽到後座的叔叔們
邊喝燒酒邊聊天說
——我昨天在「那珂河」裏
抓到了一隻很大的牛蛙
——很稀奇啊！結果呢？
——嗯！很好吃啊！
爸爸看著我們說
「早知道就該自己吃掉了」

角屋食堂

【懷舊篇】

小呱呱

在打水井邊
住著一隻小青蛙
它盯著我喉嚨不停地吹泡泡
它黑色的眼珠很可愛
給它取名叫「小呱呱」
每天早上　我一邊刷牙一邊跟它打招呼說「早安」

有一天早上　我把湯勺放進熱騰騰的米醬湯裏
發現小呱呱在米醬湯裏游動且變成了白色
我已經忘了有沒有喝那碗米醬湯
我回想　可能是喝了吧

瞄准了

拿點火器來打開電視

◈剛洗完澡〈1〉

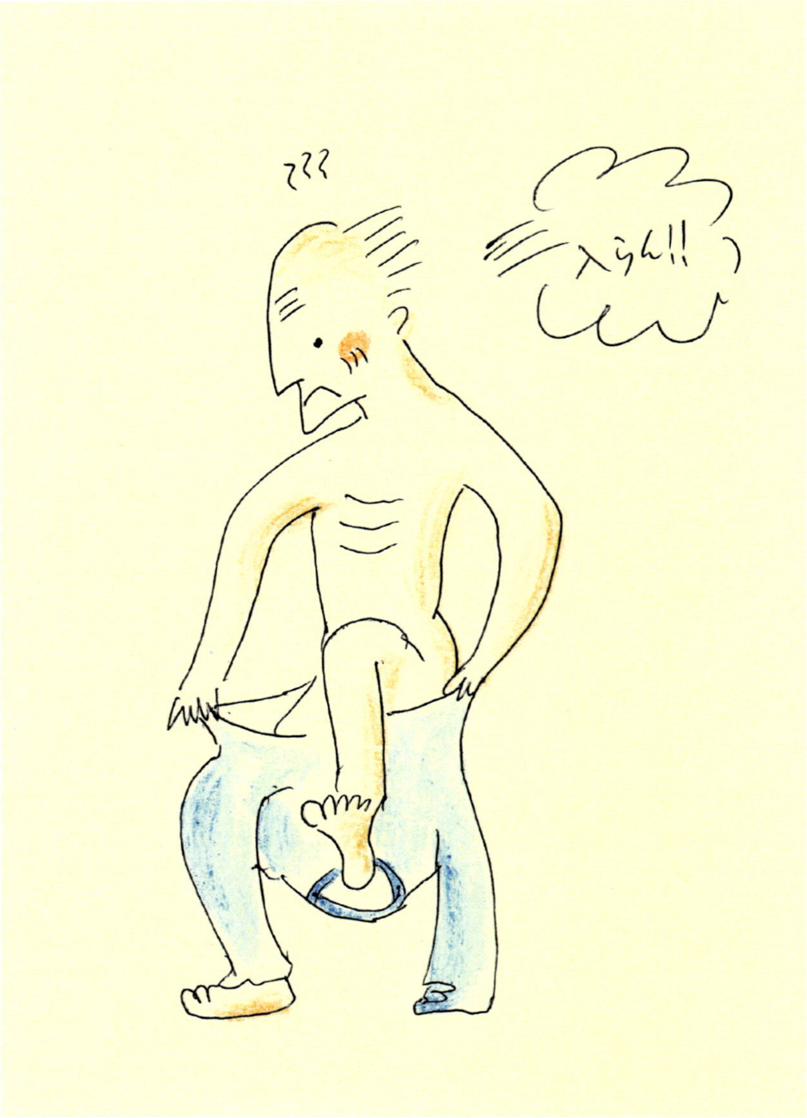

把脚穿進長袖衫裏，
怎麽穿不進去啊！

◈剛洗完澡〈2〉

在襯褲上面穿上了紙尿褲
看起來就像是個帶殼花生

◈剛洗完澡〈3〉

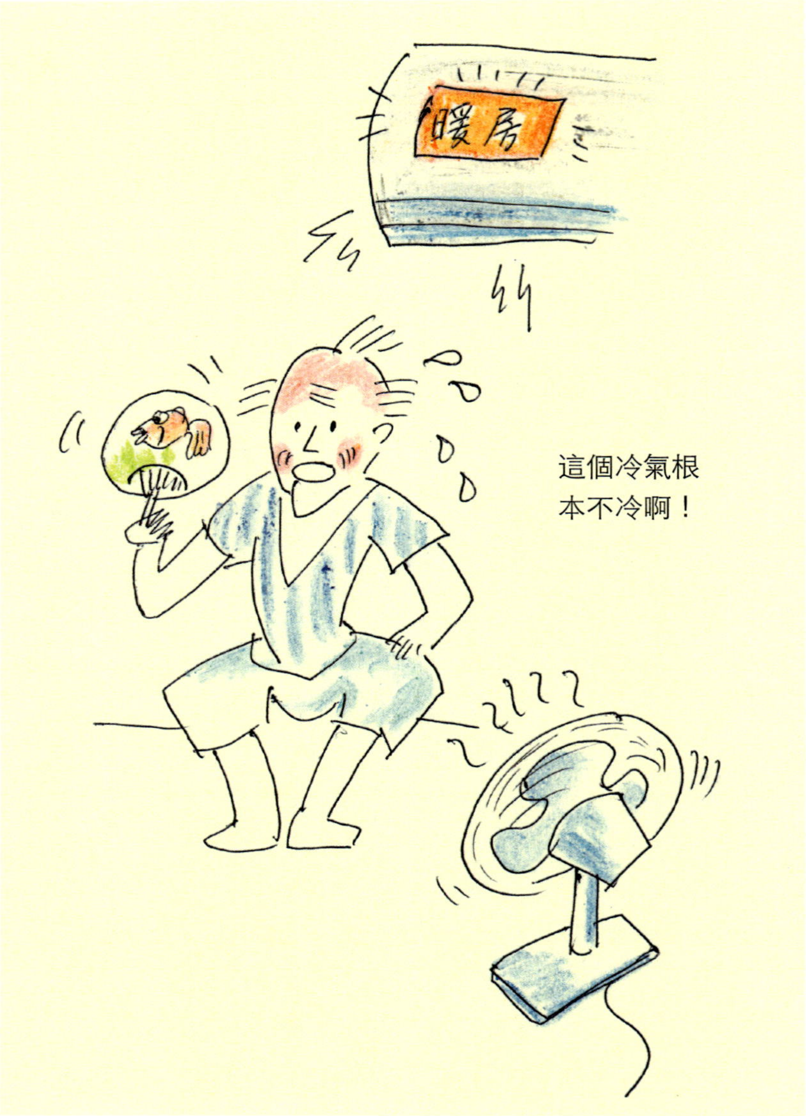

好危險！要中暑啦！

＊圖中日語「暖房」就是「暖氣」的意思。

要去郵局

要拿存摺……是這個嗎？
這是保險証啊！
那——是這個嗎？
那是老人証啊！
爸爸——你要去郵局
你會自己填提款單嗎？
提款單是什麼？
就是取錢時要填的單子
要寫什麼？
寫「出金」呀！「出金」!!
那不就是「尿褲子」了嗎？
不對，那是「失禁」啊!!!

＊日語「出金」就是「提款」的意思。老爸把日語「出金」聯想成尿褲子的意思。日語「出金」和「失禁」的發音很像。

桃子果凍

天婦羅

電視裏的有獎問答節目的問題
「一個三歲的男孩，看到一歲的弟弟洗完澡全身被抹上痱子粉，
就問了他母親一個問題。請回答他問的問題是什麼？」
我和母親都想不出他問了什麼問題
但父親卻毫不猶豫地隨口説道
「他對媽媽説：你要把他拿去做天婦羅嗎？」——答對了！

作爲一個成年人 要善良 不要無情
對有些自己想不到的 或自己認爲不該想的事
也許本來就都是互有關聯的
因此我們應該要擺脫各種主觀思考的限制
不過那些已經放棄做自己的人又得另當別論了

＊天婦羅：裹麵粉的油炸食品。

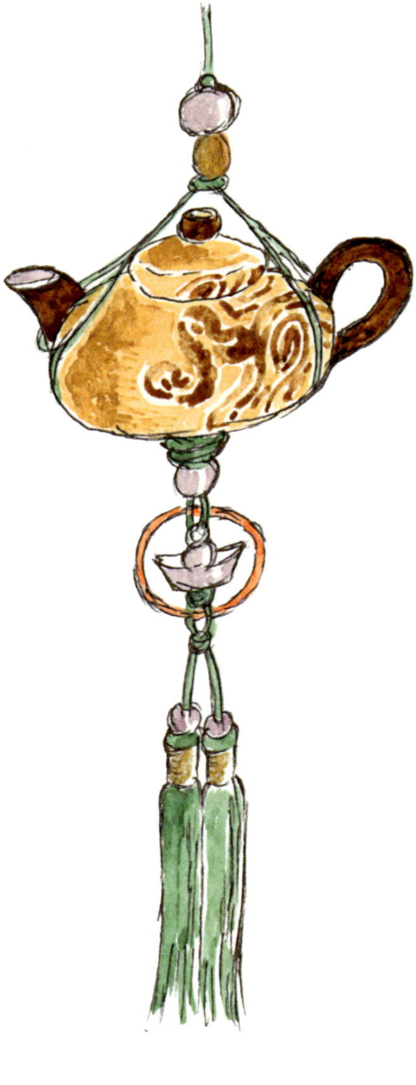

吊飾　茶壺

彩球

電視裏播放著破彩球的節目
老爸看了說「啊，那個，我也弄過」
「弄過什麼？」
他很驕傲的說「在台灣神社挂過公學校的『彩球』。」
「不是挂『彩球』，應該是獻神用的『玉串』吧」
「啊啊，就是那個」

他該是個很粗心又隨便的台灣小學生
不過也一定會是個「好孩子」吧
即使分不清『彩球』和『玉串』
彩球裂開　雪花飄舞

＊因「破彩球就是『玉割り』」（クスダマ），「玉串奉奠」的（タマグシ）還有「タマグス」這幾個日語發音很像，老爸聽後又把發音順序顛倒，結果就混爲一談了。「玉串奉奠」指的就是常見在日本神社裏挂著的白紙做的「玉串」。

五彩繽紛的世界
就像是人生最美麗的時刻

即使父親因把『彩球』和『玉串』弄錯而被取笑
還被人說是「皇民教育的棋子」
但每當在商店街看到有破開彩球的活動時
心裏也還是會感到有一些溫馨吧

台東神社
是由日本時代
的神社改建的

◈在日托服務時　唱歌都是打兩拍子伴奏的

老爸自從開始去了日托服務，
只要一唱歌，就都是打兩拍子。
說實話，很希望他不要再對莫扎特的音樂打兩拍了。

◈晚上的樂趣

老爸半夜偷喝燒酒。
爲了怕被發現總是偷偷摸摸地。
他平常是個笨手笨脚的人，
但此時卻能悄悄的不出一點聲音。

走失的孩子

最近父親
在露天的瓷器攤子
買回來了很奇怪的器皿

有畫了像馬戲團帳篷一樣粉紅條紋的
特大號的馬克杯
有畫著連老虎都不願棲息的
很難看的竹子圖畫的
用途不明的罐子

從褲兜裏拿出來的是
畫著像美軍基地彩繪墻壁似的

看起來花花綠綠的青色香盒

既無惡意　又無表情

那些就像是迷路的孩子似的器皿

有也好

沒有也無妨

它們都是無辜的

在不知不覺中

一個兩個

隨著它們的增加

在秋日赤陽照亮的飯桌上

被父親那黑而長的身影

和一堆無處可去的器皿給堆滿了

横闖

父親有個很不可思議的毛病
每當人家在拍全家福照片時
隨著快門「咔擦」一響
他一定會從相機前橫闖過去
就好像是
西游記裏被金角大王吸進葫蘆的孫悟空
當然 洗出來的照片上
就會顯出像幽靈飛過似的影子
頓時引來一片噓聲

父親啊
你是有什麼橫闖過的記憶吧

七十年前要出發去留學的早晨
在怯弱的十三歲的你的面前
家人硬生生地排開站在祖先祠堂前拍全家照
那記憶就像是個永遠洗不掉的醬油污垢一樣

父親啊
你那被不斷翻捲壓彎了的人生
就像是一張老舊模糊的印相紙
隨風飄浮
隨波漂流
有些什麼　嗤嗤可笑的回憶
把你從中劈開成了兩半

把紙袋夾當成假牙

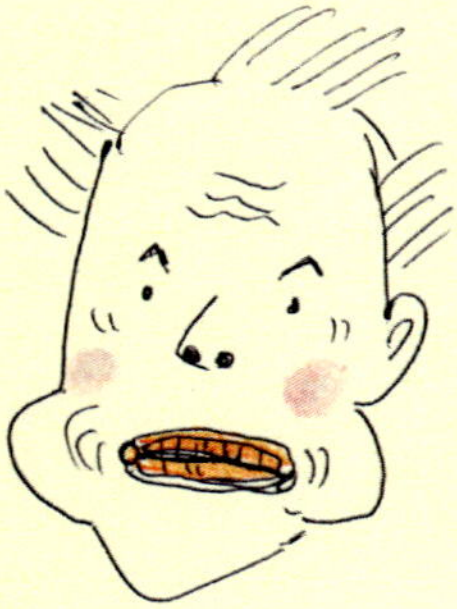

說實在的
紙袋夾
也的確有點像假牙

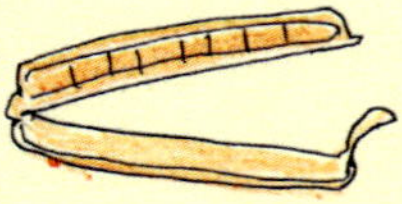

吃砂紙。
原來他以爲那是
海帶。

將假牙清潔劑塞進口中
「怎麼要這樣弄？」
「反正要洗嘛，在嘴裏呼嚕一下不也跟洗是一樣的吧。」
「……」

吃紫菜包裏防潮的
石灰乾燥劑。
「因爲它看起來很好吃。」
真的嗎?

山的形狀

我父親
滴滴答答　滴滴答答地
在撒尿時
從厠所的窗戶往外看
望著遠處的山
爲什麼一直尿不完
大概是勾起某些回憶了吧
「……那……
應該是那座山吧？」
「——嗯」我対他說。

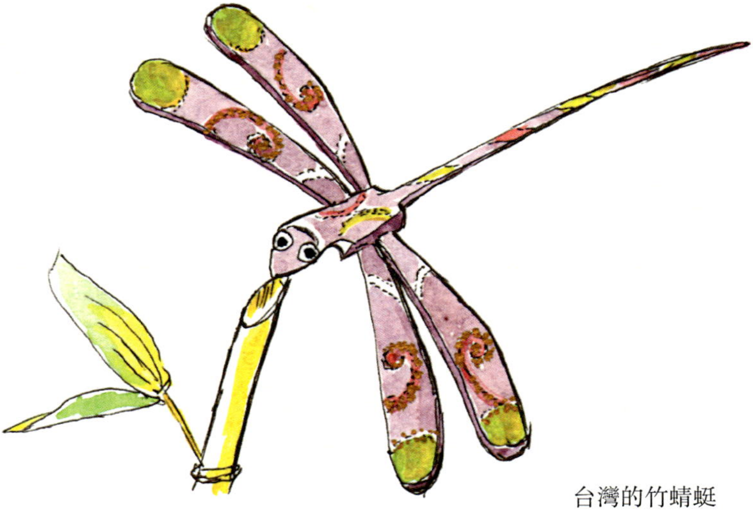

台灣的竹蜻蜓

母親的回想

說——芭蕉和香蕉

好久以來難得跟你父親
一起去了植物園
他很奇怪

現在是花開得最少的季節
雖然我覺得非常失望
但你父親呢
他卻說今天是過得最開心的一天
真的是很奇怪

時鐘草

那些很普通的仙人掌　或是一些葉子
卻要那麼仔細地去看
就好像生來頭一次看植物似的
真的是一直盯著看
如果是平常的話
他對什麼都沒興趣
只是會凝望著天空

五十年來　夫妻倆經營個小生意
昨天把生意結束了　到了這時候
開始對周圍的事物
也才能靜下心來看看吧
走過了這樣的人生

也嘗盡了生活裏那些滿出喉嚨還說不完的苦澀記憶吧

那麼　他看到了的

是些什麼呢

跟我一起看到的應該是——

他如果會因此回歸真實的自我的話

那也很好

不過

現在看到的又是怎麼回事呢

我跟你說啊

有長得高大的南方芭蕉樹

還有比它稍矮些的香蕉樹
對我來說是分不清楚的
他卻會告訴我「這棵樹是可以長香蕉的」
我覺得非常驚訝
跟他在一起有六十年了
這是頭一次他對我解說有關台灣的事情

在植物園中
那用人工永久保持是熱帶的氣候裏
隱約可見有細高挺直的芭蕉樹
還有比它矮小的香蕉樹
向別處散漫地伸展著枝葉——
這兩者之間的區別

是他這六十年來頭一次跟我說的
雖然那個區別是非常的小
又是個極其微不足道的事

南方芭蕉

冬薯夏魚

電視有獎猜謎節目出了一個問題「那些做夏季才有的傳統的撈金魚生意的大叔們，冬天都做些什麽呢？」。

回想起我上小學的時候，每次在填寫父親的職業欄時，總會很猶豫，不知道該怎麽寫。他夏季做撈金魚生意，冬季賣烤甘薯，這就是他一整年成套的職業。本來以爲這是我家特有的情況，但令人失望的是，似乎全國都是如此，那是個極爲普遍的現象。

父親小時候，爲了賺取一點零用錢，常去替人家的喪禮擧旗子。台灣的喪禮中，在送葬隊伍前頭有小孩拿著黃色的長旗，其後跟隨著披麻戴孝的隊伍。他用從這裏賺到的一點錢去買了金魚。圓形金魚缸裏裝滿了紅色的金魚游來游去，常會使他看得出神。

——在朝霞輝映之時，金魚在長滿水草的清澈水中跳躍浮沉，就像是初次綻放的花朵出現在眼前（張謙德著『朱砂魚譜　明代』）

雖然只是五十日元撈一次魚的以小孩為對象的生意，父親還常會在普通的魚群裏混進一些漂亮又極爲珍貴的〃朱文金〃〃琉金〃的金魚，使小孩子們十分高興，但那些體弱的高級魚，被人撈來撈去的碰撞很快就會死掉。

——微風吹起時隨風響起吹拂玉器的聲音，在水裏游著的金魚會浮出水面，好像在聆聽者風聲，那模樣極爲可愛。（同前）

清明節掃墓完後，大人們會一起喝酒，而小孩們就會在旁邊烤番薯來吃。

先把粘土堆得像個螞蟻窩，在上面用樹枝燒成紅紅的火堆，把番薯放進火堆，蓋上土。

一兩個小時後，美味可口的番薯就烤熟了。烤番薯很燙，一邊呼呼地吹涼它一邊吃，就是最大的享受了。

——台灣的甘薯細細長長的就像台灣島的形狀，其特徵是一根蔓上會長滿很多小根莖。也就是説只要你挖出一根蔓來，就會連著一長串根像是一網打盡似的被挖起來了。台灣本島的人們也因此自嘲和悲情地自稱爲甘薯之子。

（台湾甘藷研究会編『台湾の藷っ子』）

——因爲是種植在貧瘠的土地上，長有很多毛根，吃時常因爲這些毛根會摩擦喉嚨，很難吞嚥。但不可否認的是，在過去的50年裏，它作爲一種救災作物，發揮了極大的作用和貢獻。

（台湾の藷っ子姐妹篇『日本の藷っ子』）

即使國家滅亡　人變了　主義理念也變了
就像那一對旋轉不停的紅燈籠
我家的夏天和冬天
就在夏冬兩季愉快的回憶中
靜靜地渡過了五十年的歲月

天燈祭

大叔父陳德和的家族

陳德和　1920年生。原籍台灣（日据時代）。後改為中華人民共和國籍。現在是中華民國的台灣省籍。

他在台灣出生，後來去日本留學。戰前因不願被徵兵，跑到滿洲哈爾濱滿鉄去當電氣技師，和住在當地的日本人家族的女兒結婚。戰後繼續留在滿洲，但因他曾是滿鉄的無綫技師，妻子是日本人，又拒絕對馬克思列寧主義的學習，故被判有間諜之嫌疑，在監獄裏關了五年。出獄後在哈爾濱停留了三十五年，由於他是個優秀的電氣技師，在中國大陸得到很高的信賴。

改革開放後，1983年和家人旅居日本。他很想拿中華民國的公民身份，但因爲不符合法定條件而等待了十年。

中華民國國籍的條件是，沒有共產主義思想。在第三國居住超過十年。年滿七十歲。因有受到懷疑而被関進監獄的經歷，所以就成了沒有被洗腦的證明，如果能提出反共聲明，不但能立刻取得公民身份，或許還可以在經濟上得到援助，但他並未如此，選擇了順其自然的等待，在經過了四十八年後過了七十歲時，他終於踏上了故鄉的土地。

妻　１９２８年生　日本國籍

她和陳德和結婚，但一直保持日本國籍。在蔣介石政府治下的中華民國時期，也因爲當時大陸的人民共和國和日本還沒有外交關係，在台灣又被判有間諜嫌疑，所以從雙方都沒法拿到國籍。

長女　１９４８年出生　日本國籍

因和母親是同樣的情況，所以從大陸、台灣雙方都拿不到國籍，結果以「私生子」的名義，被加入到母親的日本國籍裏。

次女　１９４９年出生　中華人民共和國籍

因是在蔣介石政府退避台灣後出生的，故她當初是保有與父親相同的「中華人民共和國」國籍。

和日本人結婚後也沒取得日本籍，一方面保持「中華人民共和國籍」，同時也拿到日本的永住權。

長男（故人）　中華民國籍

按台灣過去一般的舊習慣，如果沒有男孩，就不能繼承家業，所以他就成了陳德和的養子。在一次台灣的大地震時，跟妻子因爲同被壓在倒塌的房子下而失去了性命。遺留下兩個孩子受到陳德和的照顧，他們長大後到加拿大留學，現正在申請加拿大國籍。

所謂的事實並非絕對是真實
我無法確定詩歌是否必須得表達真實
但我認爲詩歌裏包含了真實，在真實裏也蘊含著詩歌。

翡翠白菜

後記

我一直有「要把台灣的記憶回歸給台灣」的想法。也正是因爲懷有這樣的心情，所以出版了我的第二本詩集《龍秀美詩集ＴＡＩＷＡＮ》（台湾中文版，花乱社）。另外我心裏存有一個想法，如果有機會的話，想把這本小詩集分享給台灣的人們。

這次我的願望因爲認識了石其琳老師得以實現。我跟「花亂社」咨詢翻譯的可能性時，意外地得到了石老師的認可。我以前在她任教的「筑紫女學園大學」辦的講座上認識了她，我很喜歡讀她翻譯的描述台灣歷史的小說，能遇到很有才華的翻譯者，又願意爲此書做翻譯，使我非常高興。這也許是一直心懷故國的父親爲我牽連上的緣分吧。

這次揭載的詩大部分是從已經出版的詩集「詩集『父音』」裏選用的。這回新添了「晚餐」、「送快遞」、「菱角」、「我家的青蛙」、「小呱呱」、「要去郵局」、「山的形状」七篇。另外「狗」、「『恰砰』和『啪嚓』」兩篇的内容有稍加修改。

二〇二四年　中秋時節

龍秀美

譯後語

在翻譯前，我曾問過作者中文版要用繁體字出版的理由，龍女士說此書的主題是在描寫患失智症父親的日常生活，但也記錄了他無意中在言行裏喚起自己年少時在故鄉台灣生活的記憶，在記述父親思鄉情懷的同時，也加添了許多作者童年的回想，使作品醞釀出跨越時空的效果和價值。作者又希望借出版此書，能為台灣的讀者們提供一些日據時代庶民生活的真實和回顧思考的材料。因此在作品最後，還特別對自己和大叔父家族的經歷，做了簡單的記述，讓讀者能通過個人的家族史，反映並認知這近百年裏，不只是生涯親身走過的父輩一代，還有後代子孫們，在動蕩的歷史大時代裏，受艱辛命運和人生體驗的真實。基於上述理由，我在翻譯書名時，就做了對作品原創視角擴大的意譯，使作者的創作思考和期待，能更容易傳達給讀者。

以下是爲了便利讀者閱讀，在翻譯時做的一些考慮和處理方式的簡單説明。

這是一本很有特色的「詩畫集」作品。全書除了詩文之外，還配有大量由作者精心繪製的圖畫，讀者可在邊讀詩邊看畫的情況下，去想像那每一個充滿愛心，真實幽默而生動的場面。由於作品内容很多都是在描寫日常生活的瑣事，日本人的語言生活習慣和中國人不同，在用語上的處理就會存在很多難題，例如有許多涉及到失智父親把日語發音和文字構造混淆現象的描寫，碰到這類不能直譯又難解的内容時，就會在原作同頁詩圖的空白處，從旁加注來幫助讀者理解和參考。

作品中詩的創作，採用了白話散文詩式的體裁，因此在翻譯時，對字數和行列的安排，就依此體裁去發揮，不做特別的修飾和包裝。另外爲了不破壞原作平易近人的風格，盡量不用艱澀生硬的文字，使讀者很容易看懂，進一步對作品能有更深層的理解和感受。另外在作品裏有寫到老人日常生理動作的部分，在翻譯時，用語就會不拘雅俗，以求能達到自然而真實的效果。雖然有時爲了説明不同的社會背景情況，翻譯時需要在視角上運用一些創意的技巧，但也會順著作者的思考去發揮，讓讀者更容易體會出十分親近的臨場感。

最後要向讀者提示作品蘊含的另一個重要的特點，即作者在書中多處對事物景觀描寫時，影射了日据時代深潛在台灣社會心態的現實。例如在「母親的回憶」篇中，描寫到植物園裏高大挺立的芭蕉樹，比喻殖民者高傲的態勢，而周圍那些矮小又散漫生長著的香蕉樹，就像是被殖民的台灣一般庶民低下屈辱的存在。雖然作品的主題是寫一個失智老人的故事，但同時也期望讀者可以從那些詩文的描述和詼諧有趣的圖畫中，領會作者深層而多面相的思考和創意、感受一個孤寂無奈時代的情懷。

譯者　石其琳

二〇二四年　於日本福岡